AF356098

VENTE DU VENDREDI 6 MARS 1914
HOTEL DROUOT, SALLE N° 6

A deux heures

OBJETS D'ART & D'AMEUBLEMENT

Porcelaines, Faïences, Objets variés

OBJETS DE VITRINE

TABLEAUX, DESSINS, GRAVURES

DÉCORATION DE SALON EN TOILE PEINTE DU XVIII° SIÈCLE

SCULPTURES, MARBRES

BRONZES D'ART & D'AMEUBLEMENT

MEUBLES ANCIENS & MODERNES

PIANO. — PIANO-NÉOLA

ÉTOFFES, TAPIS

EXPOSITION PUBLIQUE
LE JEUDI 5 MARS 1914

De 2 heures à 6 heures

COMMISSAIRE-PRISEUR	EXPERT
M° HENRI BAUDOIN	M. GEORGES GUILLAUME
10, rue de la Grange-Batelière	13, rue d'Aumale

CONDITIONS DE LA VENTE

Elle sera faite au comptant.

Les adjudicataires paieront *dix pour cent* en sus des enchères.

Paris. — Imp. de l'Art, Ch. Berger, 41, rue de la Victoire.

DÉSIGNATION

PORCELAINES ET FAIENCES

1 — Service de table en porcelaine blanche, à décor barbeaux.

2 — Plat rond et plat ovale en faïence, à décor bleu.

3 — Vase, en forme de torse, en porcelaine, à décor rouge et bleu.

4 — Trois pièces : deux bidets en faïence et une soupière en porcelaine.

5 — Aiguière avec bassin, en faïence, décorée de figures allégoriques personnifiant des sources.

6 — Aiguière avec bassin en faïence du Midi.

7 — Deux vases couverts en porcelaine à fond bleu, décorés de paysages dans des réserves ; montures en bronze doré à anses-têtes de sphinx.

8 — Pot à eau et sa cuvette en porcelaine blanche dorée et ornée de fleurettes. Époque
Directoire.

9 — Autre, même porcelaine. Époque Restau-
ration.

10 — Couvre-théière, forme poupée, en porcelaine, habillée d'étoffe.

11 — Paire de cache-pots en porcelaine de Sèvres
blanche, à dorures et fleurs, ornés de l'aigle
couronné et de l'*N* impérial.

12 — Service à café en porcelaine de Paris, à
marines et paysages sur fond bleu et or ; il
comprend deux cafetières, un sucrier, un bol,
cinq tasses et six soucoupes. Fin de l'époque
Empire.

13 — Deux vases, forme bouteille, en porcelaine de Chine, à décors de fleurs et volatiles.

14 — Petite jardinière ovale en porcelaine ajourée et dorée.

15 — Deux lampes, formées de vases ovoïdes, en
céramique, décor de paysages et animaux
sur fond turquoise.

OBJETS VARIÉS

OBJETS DE VITRINE

16 — Deux cannes.

17 — Trois sabres variés.

18 — Coffret en noix de coco, sur socle en bois.

19 — Pendule en bois doré, à décor de feuillages, vases et animaux chimériques.

20 — Samovar en métal argenté, forme locomotive.

21 — Cafetière, théière et sucrier en métal argenté à palmettes. Époque Empire.

22 — Deux carnets, l'un en cuir et tissage de perles, l'autre en velours et tissage de perles.

23 — Portefeuille en tissage de perles, présentant des sujets à personnages dans des rinceaux fleuris.

24 — Bonbonnière ronde en corne et écaille ; le couvercle orné de deux bustes à l'aquarelle.

25 — Bonbonnière en corne ; le couvercle orné d'un bas-relief en bronze, à personnages.

26 — Émigrette en bois fruitier mouluré, orné
de clous d'acier.

27 — Bonbonnière ronde en ivoire, cerclée de
cuivre, et présentant, au couvercle, un buste
d'homme coiffé d'un bonnet rouge.

28 — Bonbonnière ronde en bois sculpté, présentant des attributs franc-maçonniques.

29 — Autre, présentant un sujet militaire.
Époque Empire.

30 — Carnet en galuchat, orné de bronze doré,
avec un petit médaillon en nacre décoré
d'une pensée.

31 — Petit nécessaire en galuchat, renfermant
un lot d'objets en argent ou garnis d'argent.

32 — Paire de ciseaux en nacre ajourée, dans un
étui en galuchat.

33 — Petit nécessaire à odeurs en galuchat, comprenant un petit entonnoir en or et deux
flacons à bouchons en or.

34 — Étui en galuchat, renfermant une lor-
gnette en ivoire sculpté, présentant le buste
de Napoléon.

TABLEAUX, DESSINS
GRAVURES

35-36 — Douze pièces : Tableaux ou sous-verres.

37 — Sanguine : Jeune femme en buste. Cadre en bois noir.

38-39 — Environ quarante gravures : Portraits de personnages divers.

40 — Peinture sur cuivre : le Martyre d'un saint. Cadre à fronton en métal argenté.

41 — ÉCOLE ALLEMANDE. Quatre portraits, aquarelles ovales, dans des cadres en bois sculpté.

42 — ÉCOLE FRANÇAISE. Pastorale. Peinture sur toile, sous verre.

43 — ÉCOLE MODERNE. Scène de combat, près d'un temple.

44 — ÉCOLE MODERNE. Vaches au pâturage. Toile.

45 — GAUTHIER (A.) Étude de femme nue.

46 — INCONNU. Portrait d'homme en buste avec longue chevelure. Cadre italien en bois.

47 — Le Sauvage (Mlle). Portrait du maréchal de Mac-Mahon. Toile signée à droite en bas et datée : *77*.

48 — Noel. Forêt sous la neige. Signé et daté : *mars, 1888.*

49 — Vadrenne (Jean). Nature morte : pain, œufs et bouilloire sur une serviette.

5o — Décoration de salon, peinte sur toile en camaïeu bleu sur fond gris, à sujets tirés des fables de La Fontaine et de pastorales ; elle se compose de huit panneaux et deux dessus de portes. xviiie siècle.

SCULPTURES, MARBRES

5i — Groupe en cire et plâtre : Figure allégorique, projet pour le fronton du Comptoir d'Escompte.

52 — Statuette de Napoléon en terre cuite décorée.

53 — Paire de vases couverts en marbre blanc, avec applications de bronze ciselé et doré, présentant des cariatides, feuillages, enfants bacchants et pommes de pin.

54 — Deux têtes de mort en marbre blanc.

55 — Deux bas-reliefs, rectangulaires, en marbre blanc, décor de feuillages et rinceaux.

56 — Statuette de faune, debout, en marbre blanc.

57 — Deux statuettes en marbre blanc : Enfants debout.

58 — Deux bustes en marbre blanc : La Vierge et le Christ.

59 — Support-trépied en marbre et bronze, à décor de têtes de béliers et guirlandes.

60 — Deux colonnes cylindriques en marbre veiné, ornées de bronzes.

61 — Six colonnes en marbre de couleur et chapiteaux en plâtre.

————

BRONZES D'ART

ET D'AMEUBLEMENT

MÉTAUX DIVERS

62 — Lot de cadrans de pendules en cuivre.

63 — Deux volutes feuillagées en bronze.

64 — Ornement en fer.

65 — Statuette d'enfant en bronze, formant support, sur base en marbre noir.

66 — Petite console en bronze, à un pied formé d'une figure chimérique.

67 — Coffret en fer.

68 — Quatre paires de flambeaux en cuivre et un réchaud en métal.

69 — Un groupe de trois vases feuillagés en métal, sur socle en marbre rouge.

70 — Petite pendule Louis XVI en marbre blanc et bronze doré, à mouvement supporté par un portique à quatre colonnes.

71 — Groupe de deux chevaux en bronze. Signé : *P. J. Mène.*

72 — Groupe en bronze patine verte : Enfants vendangeurs jouant avec un bélier. Signé : *Clodion.*

73 — Garniture de cheminée, comprenant : une pendule en bronze doré, modèle fût de colonne orné de guirlandes de fleurs et de rubans surmonté d'un groupe d'enfants se disputant une corbeille de fleurs en bronze patiné, d'après CLODION ; deux candélabres formés de vases en bronze patiné, d'après CLODION, supportant des bouquets de sept lumières en bronze doré.

74 — Cerf en bronze, par MÈNE.

75 — Miroir en bronze ciselé, patiné et doré, formé d'une figure de Napoléon. Style Empire.

76 — Garniture de cheminée en marbre blanc et bronze, comprenant : une pendule à sujet de femme étendue et deux candélabres à cinq lumières, présentant des statuettes de femmes.

77 — Devant de feu en fer forgé et bronze doré, avec pelle et pincettes.

78 — Deux candélabres, à quatre lumières, en bronze doré, décor de feuillages.

79 — Deux lampes en céladon gris craquelé ; montures en bronze.

80 — Quatre grandes torchères, à neuf lumières, en cuivre poli.

81 — Buste de bacchante en bronze. Signé : *J. Clésinger.*

82 — Candélabre, formé de deux statuettes de femmes, en biscuit, portant un bouquet de lumières en bronze doré. Disposé pour l'électricité.

MEUBLES, PIANOS

83 — Petit meuble, à cinq tiroirs, en acajou et bois de placage.

84 — Petite armoire-applique, à deux portes, en bois de placage et encadrement en marqueterie.

85 — Commode, à quatre tiroirs, en acajou avec colonnettes détachées aux angles ; garnitures de bronze.

86 — Meuble d'entre-deux en acajou, garni de cuivre, fermant à deux portes pleines et deux tiroirs.

87 — Deux tables de nuit étagères en acajou, ornées de bronzes.

88 — Secrétaire-chiffonnier en bois de rose, orné de bronzes ; dessus de marbre blanc.

89 — Petite table, à pieds cambrés, en bois de placage, formant bureau, avec tablette et tiroirs.

90 — Piano à queue de *Pleyel*, petit modèle.

91 — Piano-néola en palissandre, avec un lot de rouleaux.

92 — Table rectangulaire en marqueterie d'écaille rouge et de cuivre, ornée de bronzes.

93 — Secrétaire Louis XVI en marqueterie, avec attributs de musique; poignées en bronze.

94 — Table Tronchin en acajou. Époque Louis XVI.

95 — Six chaises en noyer sculpté, garnies de cuir vert.

96 — Étagère, de forme ronde, à trois tablettes, en acajou.

97 — Commode, de forme cintrée, à cinq tiroirs, en marqueterie de bois ornée de bronzes. Dessus de marbre brèche.

98 — Chambre à coucher en noyer sculpté, genre Louis XVI, à guirlandes de fruits et rubans, comprenant un lit de milieu, une armoire à glace à trois portes et une table de nuit.

99 — Pouf rectangulaire en acajou et dorure, garni d'étoffe brodée à fleurs et rinceaux.

100 — Vitrine en acajou, ornée de bronzes, avec glace biseautée, sur table-support à quatre pieds avec croisillon d'entrejambes.

101 — Bergère en bois doré, couverte de soie brochée, à fleurs sur fond crème.

102 — Ameublement de chambre à coucher en acajou, garni de bronzes, style Louis XVI, composé d'un lit avec literie, une armoire à glace, deux tables de nuit et deux chaises cannées.

103 — Table à jeu en acajou et marqueterie, à décor de losanges.

104 — Écran à monture de bois doré, avec feuille en satin brodé et peluche marron.

105 — Six chaises de salle à manger en acajou, garnies de cuir.

106 — Quatre chaises légères en bois laqué noir et or, garnies d'étoffe.

107 — Six chaises légères en bois doré, garnies de soie brochée, en trois modèles.

108 — Tabouret à X en bois doré, garni de soie brochée.

109 — Écran en noyer sculpté, avec feuille en tapisserie au point, à décor de fleurs.

110 — Coffret de mariage en palissandre marqueté.

111 — Cabinet japonais en bois laqué, orné de fer forgé, muni de nombreux tiroirs ou casiers.

112 — Deux grands canapés en chêne, formant coffre à bois, et couverts de cuir.

113 — Chambre à coucher en noyer sculpté, comprenant une grande armoire à glace à trois portes, un lit de milieu et une table de nuit. Style Louis XV.

114 — Chaise légère en noyer sculpté, siège et dossier cannés.

115 — Baromètre en acajou, à mercure.

116 — Chaise percée en bois sculpté; siège et dossier cannés.

117 — Console rectangulaire, à quatre pieds, en bois peint gris et dorure; dessus de marbre blanc.

118 — Table de nuit en bois naturel, à pieds cambrés.

119 — Deux coffrets variés.

120 — Chaise percée en bois peint blanc ; siège et dossier cannés.

121 — Commode Louis XVI, à trois tiroirs, en acajou et cuivre ; dessus de marbre gris.

122 — Coffret-nécessaire en acajou et cuivre.

123 — Table de nuit carrée en acajou et cuivre, fermant à coulisses.

124 — Petit fauteuil en bois à cannelures, couvert en imitation de tapisserie.

125 — Lit en bois sculpté et peint gris, avec sommier.

126 — Grande bibliothèque en acajou, à quatre portes dont deux vitrées.

ÉTOFFES, TAPIS

127-128 — Deux châles en cachemire.

129 — Garniture de fauteuil en tapisserie à la main, à fleurs et feuillages sur fond jaune.

130 — Fragment de selle en étoffe brodée.

131 — Panneau de tapisserie au point, dans un cadre doré : Buste de saint.

132 — Grand panneau en soie peinte, présentant sous un portique des personnages allégoriques aux arts du théâtre, dans diverses attitudes et décoré de rinceaux, rocailles et guirlandes de fleurs.

133 — Tapis formé d'une peau de sanglier.

134 — Deux tapis d'Orient.

135 — Grand tapis de Smyrne à fond rouge.

136 — Un autre plus petit.

137 — Grand tapis à décor polychrome.

138 à 143 — Six tapis d'Orient. (Seront divisés.)

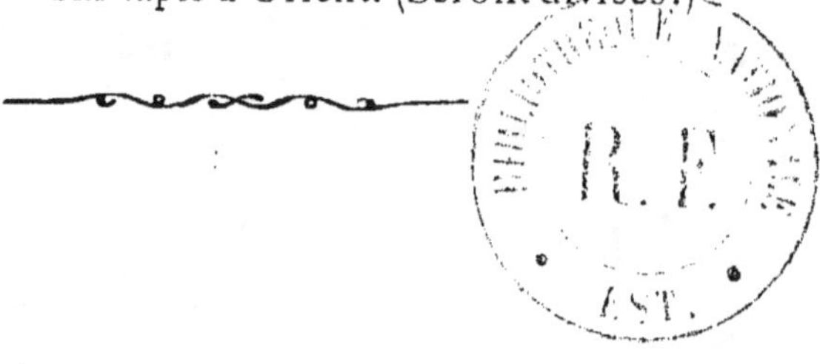